애완용 고독

에벌린 네스, <외로운 마리아 pl7>, 1960

애완용 고독

전윤호

달
샘

에벌린 네스, <외로운 마리아 pl19>, 1960

작가의 말

이것은 지구인도 아니고 사람도 아닌, 그냥 어딘가 존재하는, 어쩌면 지금은 소멸해버렸을지도 모르는, 어느 날 문득 이 별에 떨어진 이방인—이상한 조진을 씨—에 관한 수상한 이야기이다.

조진을 씨는 '왜 나는 살아 있는가?'란 의문보다 더 오래 살았고, '어떻게 살아야 하는가'라고 묻기엔 이미 다 살아버렸다. 그럼 이제 조진을 씨는 죽어야 할까? 그럴지도 모르겠다. 아니면 다른 별로 점프해야 할까? 그럴지도 모르겠다.

혹여 슬픔과 고독과 가난을 애완용으로 기르고 있는 조진을 씨를 만나거든 더 이상 무시하지도 무서워하지도 마시라. 무작정 피하지 말고 한번 피식 웃고 가던 길 가시라. 그는 단지 가난한 시인일 뿐이니까.

차례

그랜트 우드, <아메리칸 고딕>, 1930

굿모닝

아침에 눈을 떴는데 기분이 좋았다. 이런 날이 드물었기에 조진을 씨는 그 이유를 생각해보았다. 금방 그 이유를 알 수 있었다. 오늘 해야 할 일이 벌써부터 그를 기분 좋게 만든 것이다. 월요일 아침 여섯 시, 조진을 씨는 자리에서 일어나 책상으로 가 앉았고 이내 사직서를 쓰기 시작했다. 화창한 오월이었고, 창밖에서 새가 울었다.

"상기 본인은 일산상의 사정으로 인하여…"

문서를 작성하는 일이 이렇게 즐겁다니! 이 문서를 보며 놀랄 부장의 얼굴을 생각하니 즐거워 콧노래가 나왔다. 그는 사직서를 품에 넣고 출근하기 위해 차를 몰았다. 시동을 걸면 항상 툴툴거리던 오래된 자가용도 오늘따라 부드럽게 달렸다. 왜 이런 생각을 진즉에 하지 못했을까? 조진을 씨는 월급을 받기 시작한 이후로 하루도 편한 날이 없었다. 회사는 그에게 차꼬를 채우고 이름이 아닌 이상한 호칭으로 불렀으며 종일 일거수일투족을 감시했다. 매일 결과보고서를 쓰기 위해 십분 단위로 하루를 쪼개서 무슨 일을 했는지 설명해야 했다.

"그래도 월급이 나오잖아?"

월급은 (회사가 그를 부려먹을 수 있도록) 조진을 씨를 유지하는 데 드는 최소한의 비용이었다. 만약에 회사에 다니지 않는다면 그보다 훨씬 적은 액수로 살 수도 있다. 물론 의식주에 들어가는 비용은 최대한 줄여야 하겠지만 그 고통보다 얻을 수 있는 기쁨이 훨씬 더 크다는 것을 왜 여직 생각조차 하지 못했던 걸까?

조진을 씨는 이제 혼잡한 도심으로 들어섰다. 시간은 적당했다. 오늘도 지각하지 않고 제시간에 회사에 도착했다. 오늘은 월말 업무 평가 회의가 있는 날이다. 사나운 눈초리로 부장과 과장이 주눅 든 사원들을 괴롭힐

테지만 오늘 그는 회의에 들어가지 않을 것이다. 회의에 들어가기 전에 사직서를 낼 테니까.

사직서를 내고 실업자가 된다고 해서 죽는 것은 아니다. 인생에 대한 사직서는 아니니까. 세상은 넓고 가보지 못한 곳도 많은데 하루 24시간을 온전히 내 마음대로 써본 적도 없었다. 내가 원해서 태어난 것도 아닌데 적어도 살아 있는 동안은 원하는 대로 한번 살아봐야 하는 거 아닐까?

백미러를 통해 보이는 조진을 씨의 얼굴이 꽃처럼 활짝 피어 있었다. 벌써 온몸이 제멋대로 꿈틀거렸다. 이러다가 코뿔소로 변신해 이 도시의 한가운데를 달려 나갈 것만 같았다.

어차피 내일이 올지 안 올지는 살아봐야 하는 것이다. 그는 이제 오늘만 살기로 했다. 내일이 온다면 또 내일을 살면 될 테니까. 오늘은 사직서를 내고 오후엔 가고픈 대로 떠날 것이다.

사직서 쓰는 아침

상기 본인은 일신상의 사정으로 인하여
이처럼 화창한 아침
사직코자 하오니
그간 볶아댄 정을 생각하여
재가해주시기 바랍니다
머슴도 감정이 있어
걸핏하면 자해를 하고
산 채 잡혀 먹히기 싫은 심정으로
마지막엔 사직서를 쓰는 법
오늘 오후부터는
배가 고프더라도
내 맘대로 떠들고
가고픈 곳으로 가려 하오니
평소처럼
돌대가리 놈이라 생각하시고
뒤통수를 치진 말아주시기 바랍니다

모턴 리빙스턴 스챔버그, <텔레폰>, 1916

폰 사피엔스

핸드폰을 분실했다. 내가 사라졌다. 나를 증명할 수 있는 모든 근거가 사라졌다. 신분증명서, 은행 계좌, 아는 사람 연락처까지 모두 그 안에 들어 있다. 그뿐인가. 모르는 곳을 여행할 때, 내비게이션이 되어주고 통역까지도 해주던 대리인마저 사라진 것이다.

핸드폰을 분실한 순간부터 치매환자와 다름없다는 것을 깨닫는다. 예전에는 적어도 열 개 이상의 전화번호와 네다섯 개의 주소는 외웠던 것 같은데 지금은 어림도 없다. 어찌어찌 새로운 핸드폰을 장만했지만, 문제는 분실한 핸드폰에 저장된 정보를 기억하지 못하는 데 있다. 핸드폰을 분실한 것이 아니라 나를 분실했다는 사실을 문득 깨닫는다. 나는 이제 모든 것을 다시 시작해야 한다. 새로 장만한 핸드폰에는 이제 알 수 없는 전화번호만 뜬다. 알 수 없는 전화번호가 뜰 때마다 이제 나는 잔뜩 긴장할 수밖에 없다.

"왜 이리 전화를 늦게 받니!"

어머니였다. 맙소사 이제 엄마의 번호도 외우지 못하는 것이다.

"화장실에 있었어요…"

서툰 변명을 하고, 그간 연락도 못 드려 죄송하다고, 조만간 찾아뵙겠다며 연신 머리를 조아렸다. 통화를 마치고 나니 식은땀이 흐른다.

"그나마 엄마니 내게 먼저 전화를 하지…"

엄마도 참 그렇다. 다 큰 자식 사는 모습을 아직도 확인하려 한다. 그냥 본인 사는 데나 충실하시지, 장례 치른 지 벌써 십여 년이 지났는데도 이렇게 전화를 걸어오는 것이다.

조진을 씨는 이번 달 휴대폰 통화요금 납부고지서를 만지작거린다. 좀 밀렸더니 전화가 끊어질 수 있다는 경고까지 떴다. 먹고살기도 빠듯하지만, 휴대폰은 포기할 수 없는 노릇이었다. 그는 폰으로 이곳저곳 조금씩 남아 있는 잔고를 확인한다. 안 되면 휴대폰만 있어도 대출이 되는 곳을 찾아가야 하리라.

전기세 아낀다고 일찍 불 끄고 누웠더니 달빛이 창을 통해 이마로 내려온다. 왜 이리 슬픈 것일까? 누가 그리운 것일까? 충전 중인 휴대폰에 손을 뻗어 몇 년 전 사별한 애인의 이름을 누른다. 벨 소리가 아주 먼 곳으로 가는 듯 여러 번 울리더니 마침내 그녀가 받았다. 그리운 목소리……

"여보세요?"

"나야, 왜 이리 늦게 받아…"

잘못 온 부고

한밤중 전화로 모르는 사람의 부고가 떴다. 고인의 이름을 읽는다. 모래처럼 씹히는 생소함. 서걱거리는 병명. 울어야 하는 사람들은 지금 검은 옷을 입을까 아니면 투덜거리며 다시 잠들까. 죽음은 결국 찾아오는 채권 추심업자. 저 이름에서 한 자만 바꿔도 옳은 부고가 되겠지. 어차피 달아난 잠, 답장을 보낸다. 삼가 조의를 표합니다. 기운 내시길.

빈센트 반 고흐, <슬퍼하는 노인>, 1890

애완용 슬픔

조진을 씨는 혼자 사는 시간이 길어지면서 반려동물에 관심이 생겼다. 주인에게 사랑을 주는 개나 고양이는 얼마나 귀여운가. 밤낮없이 찾아오는 뜬금없는 외로움도 물리쳐줄 것이다. 그럴 때마다 어쩔 수 없이 마셔야 했던 술도 줄일 수 있을 것이다. 하지만 그는 좁은 공동주택에 살고 있었고 반려동물은커녕 제 한 몸 먹고 살기도 빠듯했다. 그래서 조진을 씨가 선택한 반려동물은 슬픔이었다. 얼마나 좋은가, 슬픔은. 일단 어린 시절부터 접해 그 생태를 너무 잘 알았다. 무엇을 좋아하고 어떤 때 활발하게 움직이는지. 그는 슬픔의 모든 것을 다 알고 있었다. 그리고 무엇보다 슬픔은 돈이 들지 않았다. 재워야 할 집도 먹여야 할 사료를 준비하지 않아도 되는 것이다.

요즘처럼 종일 비가 내리는 우기에 문 앞에 의자를 놓고 하염없이 비를 바라보다가 문득 외롭다고 느낄 때면, 슬픔을 부르면 된다. 부를 때 입을 열어 말할 필요도 없었다. 그저 지나온 일들이 생각나 눈시울이 뜨거워지면 슬픔은 꼬리를 치며 그의 가슴에 안겼다. 가르릉 가르릉 소리에 울대가 뜨거워지면서 그는 위로받았다. 왜냐하면 더 이상 혼자가 아니니까.

슬픔을 기르는 사람들은 따로 동호회를 만들지 않아도 어디에서나 만날 수 있다. 그들의 가슴에는 애완용 슬픔 때문에 생긴 상처가 늘 있기 마련이다. 마치 개를 키우는 사람의 옷 어딘가에 개털이 묻어 있듯이 말이다. 물론 그건 아주 작고 미세해 활동하는 데는 지장을 주지 않는다.

다른 반려동물도 그런 것처럼 애완용 슬픔을 키울 때 주의할 점도 있다. 밖으로 나갈 때는 목줄을 해야 한다는 것이다. 그렇지 않으면 놈은 조진을 씨의 통제를 벗어나 제멋대로 돌아다니기 때문에 너무 화가 난 조진을 씨는 그만 다른 사람 앞에서 눈물을 흘릴 때도 있다. 그건 얼마나 끔찍한 일인가. 이 세상 누구도 조진을 씨의 눈물을 이쁘게 보아주지 않는다. 물론 집에 있을 때는 제 마음대로 돌아다니라고 목줄을 풀어준다. 제 까짓 게 그래봐야 방 안의 짐승일 뿐이니까. 애완동물은 애완동물답게 그저 주인이 시키는 대로 말 잘 듣고 얌전히 있으면 되는 것이다. 오늘도 조진을 씨는 슬픔을 집 안에 두고 출근한다. 놈은 그동안 잘 자고 있을 것이다.

개

난 개를 기르고 싶다
낮에도 어둠이 축축한 부엌에
제일 좋은 외투를 깔고
아가리가 길게 찢어진
사냥개를 기르고 싶다
당신과 함께 장을 보러 가
백화점 정문에 소변을 보고
저녁 일곱 시면 회사로 찾아와
사장실 책상을 물어뜯는 놈을
내 공기의 밥을 덜어
나보다 더 크게 기르고 싶다
벽을 보고 앉은 아내여
밖에서 우리 방문을 긁으며
낑낑거리는 소리가 들린다

파울 클레, <아담과 작은 이브>, 1921

스롱가語

나는 모르는 사람이 있는 자리는 피한다. 내가 아는 사람도 많지 않지만 적어도 그들은 내가 남들과 좀 다르다는 걸 알기 때문에 나의 괴팍함을 이해해준다. 물론 그 이유 중에는 내가 가진 능력 때문이기도 하다. 나는 번역가인데 내가 번역하는 언어는 서아프리카의 고산지대에서 쓰이는 '스롱가어'이다. 이 말을 한국어로 번역할 수 있는 사람은 나밖에 없다. 스롱가어를 쓰는 지역은 경제적으로 낙후되어 있고 이렇다 할 문화도 없는 곳이었다. 하지만 한 문화를 자신들만의 잣대로 평가할 수는 없다. 스롱가어를 쓰는 지역도 나름의 수준 높은 정신문화가 있었고 어느 날 그곳 출신 소설가가 쓴 작품이 전 세계적으로 베스트셀러가 된 것이다. 물론 덩달아 나의 몸값도 수직 상승했다. 스롱가어를 한국어로 옮겨줄 수 있는 사람은 나뿐이니까.

오늘도 출판사 관계자로부터 미팅에 참석해달라는 부탁을 받았다. 영화제작사 관계자에게 스룽가 작가에 대한 소개를 해달라는 것이었다. 내가 낯선 이들과의 자리를 피한다는 건 알고 있지만, 이번 일은 영화화가 걸려 있는 만큼 출판사로서는 놓칠 수 없는 일이라는 사장의 부탁은 간곡했다. 하는 수 없이 술자리에 나섰다.

나는 육식을 하지 않는다. 그렇다고 채식만 하는 건 아니다. 해산물은 먹는다. 단 회는 먹지 않는다. 그러므로 내가 가는 자리는 내가 원하는 안주들이 준비되어 있어야 한다. 영화제작사 관계자들과 감독 그리고 여배우까지 참석한 자리는 즐거웠다. 하지만 술이 좀 오르면 역시 내게 곤란한 질문들이 들어온다. 처음엔 "목소리나 말투가 좀 특이하시네요. 우리나라 사람이 아닌 것 같아요."로 시작해서 급기야 얌전한 척 술만 마시던 여배우가 이런 말을 꺼낸다. "근데 이상하게 생기셨어요. 얼굴이…" 이쯤 되면 나를 잘 아는 출판사 사람들이 안절부절못하게 된다. 내가 언제 자리를 박차고 일어나 사라질지 모르기 때문이다.

나는 화장실로 피했다. 화가 난 마음에 찬물로 세수하고 거울을 보면 도대체 내 얼굴이 뭐 어쨌다는 건지 모르겠다. 내 이마 위엔 작은 뿔이 두 개 나 있는데 평소 머리카락으로 가리고 있지만 오늘처럼 불쑥불쑥 튀어나오는 건 어쩔 수 없는 일이다. 눈동자는 녹색인데 평소에는 선글라스로 사람들의 시선을 피하지만 술을 먹다 보면 나도 모르게 안경을 벗기도 하는 것이다. 내 말투가 이상하다는 건 인정한다. 지구인보다 턱이 짧고 혀도 갈라져 있어 입 안이 보이게 웃지도 않는다. 그렇지만 내가 지나치게 다른 사람을 공격한다든지, 약점을 공격하며 비아냥거린다든지 하는 것들은 단순한 습성의 문제인 것이다. 이곳이 인간 위주로 사는 별인지라 어쩔 수 없이 거의 모든 것을 맞춰준다 해도 그것만은 양보할 수 없다. 나는 잘못됐다고 생각하는 것을 아니라고 숨길 수 있는 거짓말을 하지 못하는 족속이다.

오늘도 출판사에는 미안하지만 여기서 빠져나가야겠다. 어차피 스롱가어는 나밖에 번역할 자가 없으니 내일도 일은 들어올 것이고 나는 이 별에서 살아갈 것이다. 조금 이상한 지구인으로.

지구인

원숭이 후손이라지
아무나 가리지 않고 공격하고
아무거나 다 먹는 족속이라지
패거리 만들기 좋아하고
계급 나누기가 습성
우두머리가 안 되면
누구 하나는 밑에 깔고 가야 산다고 믿는
지구인
지구를 힘들게 만드는
팔십억 마리지만
여기 너희들만 사는 건 아니야
그들을 지켜보다 고개를 흔드는
다른 족속들도 있지
같은 별에 살긴 하지만
제발 부탁인데
난 지구인이 아니야
우리는 서로 다른 색으로·보고

서로 다른 주파수로 듣지
잠들어도 다른 꿈을 꿀 거야
그러니 내 말이 이해가 안 되면
다른 지구인을 찾아가렴

오딜롱 르동, <오필리아>, 1905

젊은 실연에게 보내는 편지

잘 있었지? 내 젊은 날. 이제 나는 늙어 외딴집에 사는 괴팍한 늙은이가 되어가고 있지만, 아직도 꺼내어 되씹고 정리해야 할 추억들이 너무 많아. 지금 생각해보니 그땐 왜 그리 어리석었는지. 조금만 더 신중했다면 충분히 피할 수 있었던 좋은 사람과의 이별들이 가슴을 치네. 어리석다는 것은 조급하거나 너무 신중한 마음 때문에 일어나지. 사실 진실은 간단하고 단순한 거야. 누가 누구를 더 사랑하고 있는 것이지. 자존심 때문에 그걸 인정하지 못하고 어색하게 화만 내다가 떠나버린 사람들.

사랑은 승부가 아니야. 이기고 지는 일 따위는 없어. 그런데 대부분 패자가 되어버리지. 승부를 지어야 하는 일이 아닌데 모든 걸 걸고 이기려 하기 때문이야. 한때는 '사랑한다면 이래야 한다'는 말도 안 되는 원칙을 가지고 있었지. 그 원칙을 상대에게 강요했어. 그 원칙이라는 게 사실은 나의 콤플렉스로 만들어진 폐기물과 같은 것인데… 사랑에는 정해진 규칙이 없어. 왜냐하면 사람은 다 다르기 때문이지. 그러니까 규칙을 만들려면 사람에 따라 법전을 한 권씩 다시 써야 해.

왜 이런 사실을 다 끝난 다음에서야 알게 되는 걸까. 왜 이런 기억은 이렇게 종일 비가 내리는 날 재생되는 건지. 지금 나는 너무 가슴이 아파 그저 비를 바라보는 것밖엔 아무것도 할 수가 없어. 다시 돌아갈 수 있다면 이 말은 꼭 해주고 싶네. 절대 먼저 이별이란 말을 꺼내지 마. 그건 물릴 수 없는 기차표 같은 거라 꼭 가슴에 구멍을 내지. 그리고 마치 자신의 결백을 증명이라도 하는 것처럼 소리를 지르거나 화를 내지. 하지만 그게 다 너의 변명이라는 것을 너도 알고 있잖아.

사랑은 사랑하는 사람이 사랑으로 행복해지는 것을 보는 거야. 그게 최고지. 거기에 내가 없다 하더라도 조바심을 내거나 질투하지 마. 그게 사랑이니까. 볼 장 다 보고 늙은 뒤에야 이런 소리한다고 하겠지만 어쩌겠어. 아직도 비를 보면 가슴이 아픈 걸. 사랑하는 사람들을 떠나보내고 혼자 남겨지는 건 삶이 아닐 거야. 이렇게 젖은 어둠 속으로 나를 밀어 넣는 게 얼마나 힘든 일인지. 선배 시인이 내 시집을 읽고 이렇게 말하더군. "당신은 세상을 연애로 보네." 아니 그 말은 틀렸어. 나는 잇단 실연의 결과에 불과하니까.

잘 있어, 내 젊은 날. 어쩌면 넌 그리되도록 만들어졌는지도 몰라. 하지만 다시 기회가 있다면 좀 더 잘할 수 있을 거야. 멀리서 응원할게.

실연 클럽

네온이 번쩍이는 골목과 골목 사이
술집과 밥집이 엉켜 있는 길목에
그 카페가 있다
간판도 없는 육중한 나무 대문
본래 마음은 이런 거라고
밀면 육중하다
훅 밀려오는 어둠
상처가 없는 사람은
이쯤에서 돌아간다
머리에 꽂히는 기타 리프
몸을 휘감는 블루스가 버겁다
손님이 들어와도 주인은 본척만척
창문을 꼭꼭 가린 실내는
몇 개의 테이블에만 작은 불이 켜 있다
앉으면 슬픔처럼 파묻히는 의자
누군가 흐느끼는 소리
돌아보지 마라

상관도 없으면서
취하고 싶으면
소주보다 쓴
심장 파열주를 시킨다
춤도 없고 동행도 없는
바닥까지 잠수하는 실연 클럽
버림받지 못한 자는
출입 금지다

윈슬로 호머, <연어 낚시, 퀘벡주 세인트존 호수>, 1897

메기 낚시

메기 낚시의 계절이 왔다. 우리 고향에서 음력 6월은 메기가 보약이 되는 시간이다. 평소 집안일이라면 나 몰라라 하던 사내들도 갑자기 사랑꾼이 되어 아내에게 보약을 챙겨줘야 한다며 일만 끝나면 강변으로 나가 낚싯대를 드리운다. 강 옆 도로는 그들이 주차해놓은 자동차들로 꽉 찬다.

산골 메기라고 우습게 보면 안 되는 것이, 그때는 하류에 살던 커다란 메기들까지 산란을 위해 올라오기 때문이다. 그러니까 알밴 메기를 잡는 시기란 얘기다. 예전에는 구렁이 같은 뱀장어도 많았다. 하지만 지금은 환경 파괴로 뱀장어들의 회유는 없어지고 지자체에서 풀어놓는 새끼 장어들의 성장체가 가끔 잡힐 뿐이다.

낚시는 바다낚시 다르고 민물낚시 다르다고 하는데, 민

물낚시도 다 같지는 않다. 저수지 같은 고인 물에서 하는 낚시와 정선처럼 흐르는 강에서 하는 낚시는 다르다. 붕어 잡는 저수지 낚시가 기다림의 낚시라면 흐르는 강에서의 낚시는 적절한 포인트 공략과 타이밍이 관건이다.

말은 이렇게 하지만 사실 나는 낚시에 소질이 없다. 나의 재능은 잡아 온 물고기를 먹는 데 있다. 그래서 숟가락 들고 물고기가 잡히기를 고대하며 다른 이가 낚시하는 건 많이 봤다. 내가 보기에 낚시꾼도 두 종류가 있다. 하나는 물고기 잡는 일 자체가 좋은 사람이고 또 다른 하나는 잡아서 먹는 일이 좋은 사람이다. 물론 진정한 낚시꾼은 잡는 일 자체를 즐기는 사람일 것이다. 진정한 낚시꾼이 적막한 강에서 메기와 대치하는 것 자체가 인생의 축소판처럼 느껴지기도 한다. 우리는 결국 누군가를 잡으려 하거나 누군가에게 잡히는 삶을 살고 있지 않은가. 나는 메기일까, 낚시꾼일까?

메기 낚시
— 흐름에 대하여

여울에 앉아
낚싯대를 잡고 있다
물살에 떠다닌 내 생애가
찌에 얽혀 있다
우수수 옥수수 머리를 밟으며
푸른 바람이 자꾸 지나간다
손으로 전해오는
나를 끌고 가는 시간의 묵직함
좀 더 기다려야 하리라
나는 이 밤을 바쳤지만
메기는 일생을 걸고 있다

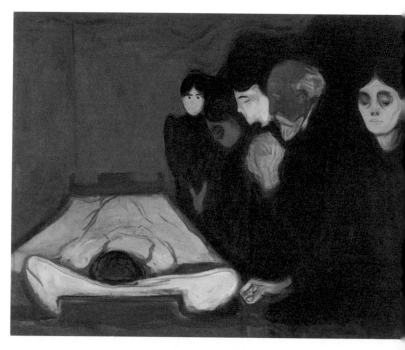

에드바르트 뭉크, <임종>, 1895

파견 종료

"이제 마지막 인사를 하세요." 의사가 가족들에게 하는 말이 들려왔다. 그는 비록 의식이 혼미한 상태로 오랫동안 병석에 누워 있는 처지였지만, 이상하게도 아프면 아플수록 주변의 상황을 더 분명하게 알 수 있었다. "이제 병원에서 할 수 있는 일은 없습니다." 의사가 방을 나가고 부인과 자녀들이 흐느끼는 소리가 들렸다. 듣고 있는 그의 마음도 아팠다. 경제적인 능력이 없는 그의 가족이 된 죄로 그들 역시 오래 고생했다. 그의 일생은 뭔가 될 듯 될 듯하면서 이루어지지 않는 그런 날들의 연속이었다. 기쁨보다는 슬픔이 많았고 웃음보다는 고통이 많은 시간들이었다.

이제 다 끝나가고 있었다. 몇 건의 갚지 못한 빚으로 가족들이 고통을 겪을까 염려스러웠지만 이제 모든 건 돌이킬 수 없는 일이 될 것이다. "삐— 삐— 삐—" 그의 몸에 연결된 기기들에서 경고음이 나기 시작했다. 그리고 잠시 후 모든 계기판의 숫자가 0이 되었다. 한밤중이었다. 자녀들은 돌아가고 병실을 지키던 아내는 지쳐 잠들어 있었다. 그는 자신의 몸이 떠오르는 것을 느꼈다. 이윽고 공중에서 자신이 누워 있는 모습을 보았다. '이게 유체 이탈인가?' 갑자기 환한 빛이 보였다. 그는 그곳으로 빨려 들어갔다.

눈을 떴을 때, 그를 둘러싸고 있던 동료들이 보였다. 커다란 머리, 녹색 눈동자, 그들은 이제 막 돌아온 그를 환영하며 악수를 했다. 그는 머리에 쓰고 있던 각종 센서들로 가득한 헬멧을 벗으며 소리쳤다.
"너무 힘들었잖아! 왜 이렇게 고통스러운 곳으로 날 파견 보낸 거요?"
그러자 팀장이 겸연쩍게 웃으며 말했다.
"우리가 파견되는 곳이 다 좋기만 하지 않다는 걸 당신도 알고 있지 않은가.”

“하지만 이번엔 너무 심했어. 그곳은 정말 지옥 같았다
고!”

“우리도 도와주고 싶었지만 그건 근무 지침 위반이라서
어쩔 수 없었네. 아무튼 당신의 경험은 우리에게 귀중
한 자료가 될 걸세.”

“도대체 지구는 왜 그리 힘들게 살아야 하는 거요?”

그러자 팀장이 엄숙하게 말했다.

“그곳은 말이야⋯. 흠이 많은 영혼들이 벌 받으러 가는
곳이라네. 그러니까 더 좋은 세상으로 가기 위해 시련
을 겪는 곳이지.”

그들은 한동안 말없이 창밖으로 보이는 푸른 별을 바
라보았다. 그는 고개를 가로저었다.

“알고 나니 두 번은 못 가겠네.”

사랑이 식은 후

더 기다릴 수 없다는 듯 이른 눈이 내리고
너와 나 사이 대추야자나무가 마르기 시작했다
창문을 덜컹이며 모래바람 불고
집은 무덤 속 현실이 되고 있다
밤이면 새어나오는 내 속의 파도소리
흔들리는 흰 돛배
나직이 구령 맞춰 노 젓는 소리
이제 나는 미라가 될 것이다
말없는 사공들이 늘어서 기다리는 배 한 척 오고 있다
우리는 그동안 빈 사원만 지었구나
살아 있는 사람들은 진흙집에서 체온을 나누는데
우리는 싸늘한 설화석고 속에서 말라 가는구나
왕가의 골짜기에 무덤이 하나 더 늘고
밤하늘엔 반짝이는 천 년의 이별
할 수만 있다면
내세의 환생보다
어제로 돌아가고 싶구나

구스타프 클림트, 〈죽음과 삶〉, 1915

단기 아르바이트

직업소개소 앞에서 그녀는 잠시 망설였다. 저 검은 문을 열고 들어가는 게 참 싫었다. 하지만 어쩔 수 없었다. 실업 급여도 끊겼고 집세도 밀릴 판이었다. 그녀는 지금 자기가 사는 곳이 좋았다. 그러니 계속 이곳에서 살려면 수입이 있어야 했다. 문을 열고 들어가자 낯익은 상담원이 보였다.

"이번에도 단기를 원하시는 거지요?"

그녀가 고개를 끄덕이자 상담원이 말했다.

"마침 적당한 자리가 있네요."

어둠이 내린 밤 골목에서 그녀는 하염없이 밀리고 있었다. 너무 좁은 공간에 너무 많은 사람들이 서로를 밀어대고 있었다. 젊은 청년들이 축제를 즐기러 왔다가 몰린 것이다. 어디에도 도와줄 사람은 보이지 않았다. 급기야 한쪽이 넘어지면서 무더기로 사람들이 깔리는 소동이 일어났다. 그녀는 거기 있었다. 누군가의 발에 걸려 넘어지고 그 위에 또 사람이 넘어졌다. 많은 사람이 죽었다.

"수고하셨습니다."

상담원이 봉투를 주었다. 이제 이 돈만 있으면 당분간, 아니 한 생애 정도는 견딜 수 있을 것이다. 돈이 떨어지면 또 단기 아르바이트를 해야겠지. 이젠 익숙하다. 저번에는 고교생으로 여객선을 탔다가 죽었다. 그리고 지난 홍수 때 반지하방에서의 일은 기억하기도 싫었다. 그나저나 다음에는 또 무슨 일이 생길까?

귀로

멀리 와보니 알겠네
모르는 사람들과 밥 먹고
처음 본 골목에서 술 마셨지
잔 들 때마다 딩동딩동
순서 재촉하는 종소리
아무도 손 잡아주지 않는
멀리 와보니 알겠네
아무나 내게 웃어주지 않고
손 흔들어주지 않는다는 걸
너무나 당연하던 인사조차
가격표가 붙어 있더군
어서 돌아가야겠네 집으로
마스크 위에 마스크 쓴 사람들이
등 돌리고 걷는 거리
순식간에 떠나는 기차 타고
그 동안 얼마나 멀리 왔는지
이제야 알겠더군

에드가 드가, <기다림>, 1882

대기만성

선배 시인을 만나러 간 자리에서 대뜸 "자네는 대기만 성형이야."라는 말을 듣고 그는 기분이 좋지 않았다. 이 제 이십 대인 그에게 대기만성이라니…. 앞으로 얼마나 더 있어야 성공할 수 있다는 것인지. 이건 덕담이 아니 라 악담이었다. 평소 존경하던 선배였지만 처음 보는 사이에 이건 좀 아니다 싶었다. '자네는 대기만성형이 야.' 꿈에서 깼는데 앞의 이야기는 다 잃어버리고 이 말 만 귓전에 남았다. 벌써 사십 년 전에 들었던 말인데 아 직도 생생하다니. 사십 년이라는 세월이 참 낯설다 싶 을 만큼 벌써 머리는 백발이 되어가고 있었다. 어디 글 쟁이들 자리에 가면 원로라고 축사를 하라 들었다. 떠 오르는 젊은 시인이라며 선배들에게 귀염 받던 시절이 아직도 어제 같은데….

줄은 여전히 길었다.

"원! 진료 한 번 받는 데도 이리 기다려야 한다니…"

그러고 보니 그의 일생은 기다림의 연속이었다. 무언가 한 번 이룰 때도 항상 기나긴 기다림이 있었다. 밥을 먹으러 가도, 차를 마시러 가도, 아이들과 놀이공원에 가도 그는 항상 줄을 서서 기다렸다.

"가만, 그럼 대기만성이란 말이 어딜 가나 기다린다는 말?"

설마하니 그렇진 않을 것이다. 지금 생각해보니 그 대기만성이라는 말이 참으로 귀했다. 어영부영 시인이랍시고 평생을 살았지만 돌아보면 그저 그런 시나 써대는 별 볼 일 없는 인생이지 않은가. 그런데 대기만성이니 아직 기회는 있는 것이다. 당장 내일 죽지만 않는다면 마지막 대표작 하나 남길 시간만큼은 있는 게 아닌가? 낭비한 시간을 후회해봤자 남는 건 패배감뿐이지만 대기만성이라는 등대는 여전히 그의 앞에 빛나고 있었다. 그래서 그는 오늘도 여기저기 쑤시는 몸을 털고 일어나 책상 앞에 앉는다. 세상에 남길 만한 대작을 쓰기 위하여. 그리고 후배들에게 당부한다. 당신은 대기만성이라는 말 듣지 말라고 말이다.

"근데 진료 순서 명단은 왜 줄지 않지? 언제까지 대기해야 하는 거야!"

조반니 볼디니, <말보로 공작부인 초상화를 위한 스터디>, 1906

동안童顔

남편은 아침을 먹다가 도시락을 싸고 있는 그녀에게 말했다. "당신은 여전히 아름답군. 난 이제 다 늙었는데." 그녀는 아무 말도 하지 않고 웃어주었다. "우리 만난 게 벌써 삼십 년 전인가? 그때 당신을 만나지 못했으면 아마 지금까지 살아 있지도 못했을 거야."

사실이 그랬다. 삼십 년 전 그는 무능하다는 이유로 회사에서 잘리고 친구에게 빚보증 잘못 서서 그동안 모은 돈도 다 잃어버렸었다. '이제 더 살 이유가 없지.' 하는 생각에 한밤중 밧줄을 들고 뒷산 공동묘지를 올라갔다. 나무에 목매달 밧줄을 걸 용기를 얻으려고 소주를 한 병 마시고 까치발을 하며 가지에 줄을 걸다가 서글퍼져서 소리 내 울고 말았다. 그는 소심한 사내였다.

키는 작고 얼굴도 못생겼다. 그러면 보통 재능이 있거나 독한 성격으로 버티는데 그는 그러지도 못했다. 하다못해 우는 일까지도 남들이 들을까 두려워 속으로만 울던 소심한 사내였다. 하지만 죽는 마당에 뭘 더 가리겠는가. 그는 속 시원하게 크게 울었다. 그때, 누군가 말을 걸었다. "여기서 뭐 하세요?"

남편이 출근한 후 아내는 거울을 보았다. 확실히 남편에 비해 너무 어려 보이는 얼굴이었다. 아무리 많게 잡아도 삼십 대 이상으로는 보이지 않았다.

남편이 죽으려는 순간 나타난 그녀가 그에게 다음과 같이 약속했다. "내가 당신을 보살펴주겠어요. 그래요, 내가 당신의 아내가 되겠어요. 앞으로 당신은 절대 남에게 꿀리지 않고 살게 될 거예요. 다만 아이는 가질 수 없어요. 그래도 되겠어요?" 정말 그렇게 삼십 년이 흘렀다. 남편은 무능했지만 성실했다. 가끔 바람을 피

우긴 했지만, 문제가 되진 않았다. 그녀도 그랬으니까.

"때가 되었군." 그녀는 작은 여행 가방을 꺼내 간단한 짐을 꾸렸다. 그리고 미련 없이 집을 나왔다. 다시 돌아가지 않을 것이다. 그의 아내로 살기에는 그녀의 동안이 너무 불편해졌다. 사람들은 점점 더 이상하게 생각할 것이다. 이미 그런 징조가 부부 동반 모임에서 나타나고 있었다. 원래는 뒤탈이 없도록 남편을 죽여야 했다. 하지만 그러지는 못했다. "넌 유난히 인간에게 정이 많은 게 문제야. 오백 년을 살아봤으면 이제 인간이 어떤지 알 때도 됐잖니…" 이제 먼 곳으로 가서 다른 남자를 찾아야 한다. 공항으로 가는 버스를 기다리는 그녀의 얼굴이 조금씩 변하기 시작했다. 버스가 도착할 때쯤이면 아마 완전히 다른 얼굴로 변해 있을 것이다. 오늘은 수십 년 만에 가장 밝은 달이 뜬다고 한다.

실연

그 여자는
내 뒤통수를 때려
두 손과 발을 묶고
입에는 재갈을 물렸다
바퀴 달린 가방에 넣더니
내 차로 한참 달린 뒤
사람 없는 강변에 멈췄다
가장 깊은 곳을 골라
나를 던지던 그녀의 표정이
언뜻 슬퍼 보이기도 했다
강바닥에서
나는 허리에 달린 무거운 추억과 함께
내 몸을 뜯어 먹는
피라미를 바라본다
이 검푸른 물속에
산 채로 던지다니
방부제 같은

소주는 그만 마셔야겠다
내 몸이 모두 썩어야
다시 떠오를 수 있으니
난 거꾸로 앉아
시를 쓴다

알프레트 초프, <포리오의 좁은 골목>, 1927

강릉여인숙

"도무지 글을 못 쓰겠어요. 영감이 안 떠올라요." 그를
찾아온 잡지 편집 기자에게 이렇게 말하면서도, 그는
미안했다. 잡지란 것이 마감이 정해져 있으니 자기 때문
에 이 한밤중에 집까지 달려온 기자에게 미안했다. 하
지만 어쩔 수 없었다. 벌써 며칠째 잠도 못 자고 끙끙댔
지만, 도무지 뭘 어떻게 써야 할지 그냥 꽉 막힌 상태였
다. 그의 표정을 살피던 기자가 한숨을 쉬더니 한마디
했다. "내가 도와줄까?"

기차는 늦은 밤 청량리역에서 출발했다. 급하게 오느라
택시를 타고 그 유명한 사창가 골목을 지나갔다. 붉은
등이 켜진 쇼윈도에 지친 여인들이 하나씩 앉아 있었
다. 마치 영감이 떨어진 그의 머릿속 같았다. "기차 출

발합니다." 하는 안내방송이 떨어질 때야 그는 간신히 기차에 올랐다. 조금만 늦었으면 놓칠 뻔했다. 예약을 한 게 아니어서 좌석표가 있을까 염려했지만 그의 좌석 이 배정된 기차 칸에는 대여섯 명의 사람만 드문드문 앉아 있었다. 하긴 평일 밤이었다. 이렇게 늦은 밤기차 를 타고 머나먼 어딘가로 가야 할 사람이 얼마나 있겠는가.

"내리면 밤 네 시쯤일 거야. 아참 그곳은 겨울 대부분 눈이 쌓여 있어. 눈이 녹을 새도 없이 내리고 또 내려서 길은 온통 얼어 있을 거야."

기차는 밤새 달렸다. 때로는 굴을 지나고 때로는 덜컹이는 다리를 건넜다. 기차와 함께 흔들리면서 그는 다른 세상으로 가는 기분이었다. 원주를 지나고 제천을 지나서 증산이라는 작은 역에서 기차는 두 개로 나뉘었다. 그리고 그를 태운 기차는 별어곡이라는 역을 지나갔다. '별어곡이라, 이별하는 골짜기?' 칠흑처럼 어두운 밤에 역만 불을 켜고 깨어 있었다. 마치 이별은 이렇게 기다린다는 뜻 같았다. 마침내 목적지에 도착했다.

"우리 열차는 잠시 후 정선, 정선역에 도착합니다. 내리실 때 두고 내리는 물건이 없는지 다시 한번 확인하시고 안전하게 기차가 멈춘 다음 내려주시기 바랍니다."

역을 걸어 나오던 그는 살을 에는 추위에 깜짝 놀랐다. 서울이라고 춥지 않은 건 아니었지만 이곳의 바람은 겨울 외투를 거침없이 뚫고 들어왔다. 길바닥은 완전 얼음이었다. 얼고 얼은 눈들이 길 위에서 번들거리고 있었다. '이런 미친 짓까지 하다니…' 그는 쓴웃음을 지었다. 하지만 마감은 지켜야 했다. 무명 작가였던 그에게 명성과 돈을 안겨준 연재소설 아니었던가. 하지만 일 년이면 끝날 원고를 인기가 있다고 이 년째 끌어오면서 그는 더 이상 할 말도 쓸 말도 없었다. 주인공은 이유도 없이 (순전히 분량을 늘리기 위해) 떠나고 무언가 새로운 사람이 되어 돌아와야 했다.

그는 난감한 표정으로 역 앞에 웅크린 작은 상가들을 보았다. 켜져 있는 건 가로등밖에 없었다. 함께 내린 몇 사람의 승객은 이미 밤 속으로 사라져 보이지 않았다. 미끄러지듯 어둠 속으로 내려서자 그곳이 보였다. 건너편 노란 불빛의 간판이 보였다. 강릉여인숙.

그곳이 그 기자가 가르쳐준 비법이었다. 영감이 안 떠오를 때 그곳에서 하룻밤을 자면 죽은 영감도 살아 돌아온다고 했다. "강릉여인숙이라니? 여긴 산속 마을 아닌가?" 그는 투덜거리며 그곳으로 갔다. 그나저나 여관도 아니고 여인숙이라니. 수입이 늘어난 후엔 여관도 안 들어갔는데… 투덜거리며 문 앞에 섰을 때였다. 그의 귀에 묘한 소리가 들리는 것이었다. 철썩철썩 솨아— 파도 소리였다. 그 소리는 출입문 안쪽에서 나고 있었다. 문을 열고 들어서자 마당이 보였다. 바닥을 시멘트로 마감한 마당엔 공동 수도가 반짝거렸고 마당 주변으로 방들이 있었다. 그런데 자세히 보니 방들이 조금씩 흔들리고 있었다. 마치 부두에 묶어놓은 배들이 흔들리듯이. 문득 고개를 들어 하늘을 보니 별들이 쏟아질

듯 빛나고 있었다. 너무 많아서 금방이라도 우수수 떨어질 것 같았다. 그랬다. 이곳은 바다였고 부두였다. 철썩철썩 솨아— 파도 소리가 나는 것은 당연했다. 방으로 들어가기도 전에 그는 벌써 여러 장의 원고를 머릿속으로 떠올렸다. 그는 수리받기 위해 들어온 상한 배처럼 주인을 불렀다. 부두에는 아직 빈자리가 있었다.

강릉여인숙

누구도 기다려주지 않는 한밤중
정선역까지 밀려왔다면
강릉여인숙으로 가자
연탄재 부서진 마당엔
세상의 배꼽 같은 수도꼭지가 반짝이고
빙 둘러선 방들이
묶인 배처럼 흔들리는 곳
방금 광산에서 돌아온
긴 장화를 신은 어둠이
비린내 나는 소주를 권할 때
벽으로 바람이 통하고
머리 위엔 별자리가 보이는
난파선 수리소
어디에서나 뒷걸음질만 치다가
막장에 닿았을 때
청량리에서 기차 타고
정선으로 가자

강릉여인숙엔 오늘도
노란 불빛 새어나오는 방들이
볼 시린 손님을 기다리며
서성이고 있을 테니

줄리 드 그라그, <메멘토 모리>, 1916

창귀

"왜 아직도 살아 있니?" 속삭이는 소리에 그는 깼다. 아직 한밤중이었다. "벌써 불려갔어야 했는데…" 유리창에서 신경을 긁는 날카로운 소리가 들렸다. 긴 손톱으로 긁어대는 것 같은. 외딴집에 살았기 때문에 그 소리를 들을 다른 사람은 없었다. 그래서 그가 찾아왔을 때, 본 사람도 없을 것이다. 저물녘이었다. 그는 너무도 태연하게 문으로 들어왔다. 잘못이라면 문단속을 안한 조진을 씨에게 있었다. 종일 비가 처연하게 와서 문앞에 의자를 가져다 놓고 앉아서 비를 구경한 것이 화근이었다. 며칠 전 자살한 친구 때문에 마음이 심란한 탓이었다. 유족인 아들은 그를 화장한 뒤 조문도 받지않고 유골을 가지고 자기가 사는 인천으로 떠났다. 차마 말 못 할 사연이 있을 거라는 소문도 돌았다. 예전에 '호식총 虎食塚' 같은 이야기.

산골인 이곳은 호랑이에게 물려 죽는 호환이 많았다.
그러면 사람들은 유해를 수습해 그 자리에서 화장을
하고 뼈를 묻었다. 그리고 무덤 위에 시루를 뒤집어 놓
고 쇠젓가락을 꽂았다. 창귀가 되는 것을 방지하기 위
한 일환이었다. 호랑이에게 죽은 사람은 창귀가 되어
호랑이의 노예가 된다고 했다. '창귀'는 저녁이나 밤에
슬픈 노래를 부른다고 해서 붙여진 이름이라고 한다.
창귀에서 벗어나려면 다른 사람을 호랑이에게 바쳐야
했다. 그래서 자기가 아는 사람의 집으로 와서 이름을
부른다는 것이다. 한 번, 두 번, 세 번 부를 때까지 절대
대답하면 안 된다. 세 번 안에 대답하면 속절없이 끌려
가 호랑이 밥이 된다. 그래서 아무리 친한 사람이 문밖
에서 불러도 네 번을 부를 때까지는 절대 대답하면 안
된다.

들어온 사람은 그 친구가 아니었다. 생전 처음 보는 얼굴인데 옷이 갈가리 찢겨서 피투성이였다. "누구신데…." 그런데 그가 내 이름을 불렀다. 생면부지의 유령이 내 이름을 부르다니. 그러다 창귀 얘기가 생각났다. 그래서 고개를 숙이고 대답하지 않았다. 그는 세 번을 부르더니 사라졌다. 그 뒤로 며칠째 찾아왔다. 문을 잠갔더니 창밖에서 불렀다. 그러더니 오늘은 친구가 직접 찾아왔다. 하마터면 대답할 뻔했다. 세 번을 불러도 대답하지 않자 대화를 하는 것이었다.

그 친구는 모른다. 아마 귀신이 되면 살았을 때의 기억이 지워지는 모양이다. 나도 창귀였다는 것을. 저녁이면 슬픈 노래를 부르는 귀신. 그게 나였다. 그래서 인적이 끊긴 외딴집에 살고 있는 것이다. 나를 해방시켜준 것은 바로 그 친구였다. 내가 그의 창 앞에 가서 불렀을 때, 그는 반갑게 대답하고 나왔으니까. 그게 이곳의 사는 법이다.

가을비

가을비는 밤새 내렸다
꿈이 축축해 간간이 깼다
기억할 만한 이야기는 없었다

집이 조금 더 뒤틀려
벽에 금이 길어졌다
문 닫고 창을 잠가도
벌레들이 기어다녔다

치우지 못한 선풍기처럼
고개 숙인 내가
한밤 외딴집에서
전원이 꺼진 채 깨어 있었다

모로코에는 지진이 나고
리비아에는 물난리가 났다
일본은 오염수를 방류하고

날이 밝으면
며칠 전 자살한 친구가 보낸
까마귀가 고압선에 앉아 있을 것이다

평생을 묶여 있는 검은 개가
맹렬하게 짖고
승객을 태우지 않은 기차가
지나갈 것이다

이 빗속을

가쓰시카 후쿠사이, <등불유령 이와>, 1837

프로메테우스

춘천 시내에서 소양댐 가는 길로 우두동을 지나면 여우고개가 있다는 것을 그는 진즉부터 알고 있었다. 춘천의 고사에도 나오는 전설에 따르면 예쁜 여인이 이고개를 지나가는 사내들을 홀렸다고 한다. 지금은 차들이 오르내리는 언덕길에 불과하지만 당시에는 꽤 숲이 우거졌던 모양이다. 그런데 그는 늘 궁금했다. 왜 하필 여우란 말인가. 우리나라 토종 여우는 붉은 여우인데 그 크기가 겨우 작은 개 정도밖에 안 된다. 사람을 홀리기엔 너무 작지 않은가. 쥐나 토끼를 잡는다면 몰라도. 결국 조상들은 술 마시고 외박하거나 설명할 수 없는 실수를 하면 여우에게 뒤집어씌웠던 것이 아닐까?

그러다가 그는 정말로 여우를 만났다. 어느 카페에서

만난 그 여우는 놀랍게도 사람을 끄는 매력이 있었다. 초면임에도 불구하고 찰싹 달라붙어 정신을 혼미하게 했다. 여우가 그의 간을 빼먹는 데는 며칠이 걸리지도 않았다. 한눈에 반한 그는 자기가 가진 걸 다 내주었으니까. 문제는 간을 빼먹은 후 여우가 떠났다는 것이다. 자주 가던 그 카페에도 더 이상 여우의 모습이 보이지 않았다. 그는 밤마다 아파트 꼭대기에서 여우 대신 울었다. 어쩌면 만남이라는 것은 서로가 필요한 것을 얻기 위한 건지도 모른다. 여우는 그의 간을 가져갔고 그는 슬픔에 절인 시를 얻었으니까.

춘천을 떠나 고향으로 돌아가는 길, 평창을 지나는데 여우고개가 또 있었다. 정선에도 여러 개의 여우 전설이 숨어 있다는 것을 알게 된 그는 여우가 다시 찾아올 것이라 생각했다. 그의 간은 빼먹어도 될 만큼 다시 자라났다. 티탄족 프로메테우스는 인간에게 불을 알려준 죄로 절벽에 묶여 독수리에게 간을 쪼아먹히는 벌을

75

받았다. 다 먹고 나면 또 나고 또 쪼아먹히고…. 간은 재생 능력이 좋은 장기라고 한다. 그러니 여우도 주기적으로 오는 것이다. 그는 오늘 밤에도 여우를 기다린다. 조금 늦긴 했지만 아마 찾아올 것이다. 여우에게는 그의 모든 것이 기억되어 있을 테니 간이 재생되는 시기도 기억하고 있겠지. 그러면 또 짧은 기쁨과 기나긴 고통을 반복할 것이다. 그리고 여러 편의 시를 쓰겠지. 손해 보는 장사는 아니다. 사랑은. 당신의 여우는 어디쯤 오고 있는가? 그런 기다림이 없다면 당신은 불행하다.

여우에게
— 여우고개

더 이상 울지 않더군

여우고개 떠나 시내로 들어갔더군

조명 흔들리는 술집에는

사내들이 꼬이겠지

쉽게 간을 주는 게 아니었어

기다려도 넌 오지 않고

잠이 마른 난 사막이 되었지

하늘 보지 못하는 관목들이 말라비틀어진

여우고개는 이제 사라졌지

보름달 뜨면 창문 열고 대신 울어보지만

아무도 듣지 않네

나를 홀릴 여우가 없는 이 별은

더 이상 아름답지 않더군

앙리 루소, <꿈>, 1910

추석, 달맞이꽃

그는 이제 영동고속도로를 빠져나와 진부로 들어섰다. 추석 전날이었다. 강릉으로 내려가는 길은 혼잡하고 서울로 가는 길은 뚫렸다. 제사도 인터넷으로 지낸다던 데 저 차들은 성묘를 가는 걸까 아니면 연휴를 즐기러 바다로 가는 것일까? 그는 이제 어두운 숙암계곡을 돌아 내려가야 한다. 한 삼사십 분 검은 길이 계속될 것이다. 인구도 많지 않은 이곳은 이미 돌아올 사람은 다 돌아와서 혼자 가는 길이 되겠지. 일찍 가야 빈집만 기다리고 있을 테지.

부모님이 돌아가신 뒤 가족은 뿔뿔이 흩어져 각자 자기 가족들끼리 시간을 보내게 되었다. "부모님이 없으면 각자 남인 거야!" 형제 중 누군가 그리 말했다. 그리고 그 말은 곧 사실이 되었다. 제사도 각자 자기 가족들과

지내고 성묘도 각자 갔으니까.

예상대로 정선까지 내려가는 길은 혼자였다. 더러 터널이 나오고 다리가 나오더니 가로등이 켜진 마을 하나 지나고는 온통 어둠이었다. 산과 하늘 사이에 보름달이 떠 있는 것만 빼면 그의 자동차가 뿜는 불빛이 전부인 세상이었다. 예전에 갈왕이 피란을 가다가 바위 위에서 하룻밤 잤다고 하여 잘 숙宿 자, 바위 암岩 자를 쓴 숙암은 갈수록 깊어졌다. 마치 그의 마음 같았다. 빈집도 정리하고 이제 떠나야 할 것이다. 이 넓은 세상에 그가 갈 곳은 없었다. 그에게 남은 것은 차 한 대뿐이었다. 그나마도 벌금 딱지가 덕지덕지 붙은.

인가가 끊어지고 사방은 온통 어둠이 되었다. 그러자 보였다. 밝은 보름달이 점점 내려오는 것이. 천지가 외로우니 달이 더 커지는 것일까? 크게 한 굽이를 돌아가자 이젠 달이 코앞에 와 있었다. 밝고 환한 문 같았다. 그는 놀라며 그 안으로 들어갔는데 그곳은 환해서 어둠이라곤 어디에도 없었다. 철썩거리는 소리에 정신 차

려보니 자동차는 어느새 배가 되어 있었다. 통통통통
소리가 나는 작은 배.

그는 빛의 바다를 항해하였다. 저 멀리 부두가 보이고
손 흔드는 사람들이 보였다. 가까이 갈수록 얼굴이 또
렷해졌다. 먼저 부모님이 보였다. 그리고 어렸을 때 키웠
던 고양이와 얼마 전 세상을 떠난 친구가 있었다. 그도
환하게 웃으며 손을 흔들었다. 달맞이꽃 핀 추석날 밤
의 일이었다.

"과로로 피곤했던 모양이네요. 절벽 앞에서 제동을 건
자국도 없네요. 사고사입니다."

달맞이 꽃

추석에 돌아가는 밤길
고향엔 빈집만 남고
산중엔 무덤 같은 보름달
자동차들도 끊어지고
인가도 사라지니
골짜기 속에 나마저 어두워
달이 점점 내려온다
눈앞이 전부 달이다
멈출 사이도 없이 들어간다
바퀴에 닿는 땅이 사라지고
낡은 차는 통통배가 되었다
저기 나보다 먼저 떠나간
손 흔드는 사람들

내가 빛이 되었네

칼 위르너, <속물>, 1928

식은 접시

조진을 씨는 사람 만나는 일이 여간 힘든 게 아니다. 언제부터 그런 건지 어찌된 연유인지 본인도 알지 못한다. 어쩌면 부모 형제들이 죽은 이후의 일인지도 모른다. 아니면 친구들이 알 수 없는 힘에 의해 하나둘 사라진 후의 일인지도 모르겠다. 아무튼 사람을 만나고 이야기하는 것이 두려워졌다. 어쩌면 몇 번의 기대가 무너진 후의 일인 듯싶기도 하다. 전혀 예상 못 했던 일들이 너무도 차갑게 거절당하면서, 그는 큰 내상을 입기도 했다. 그 이후 그는 직장을 그만두고 혼자서 일을 하는 프리랜서가 되었다. 그는 출판사에서 일했기 때문에 책을 기획하거나 쓰는 일을 주로 했다. 집에 틀어박혀 글만 쓰면 될 줄 알았는데 그것도 아니었다. 일이란 게 고정적으로 들어오는 게 아니어서, 어떤 때는 너무 밀려

바빴지만, 어떤 때는 오랫동안 주문이 없을 때도 많았다. 그러니 일을 얻기 위해선 만나기 싫은 사람도 만나야 했고, 저쪽에서 원치 않아도 만나달라며 부탁하고, 공손한 을이 되어 처분만 기다려야 했다.

평생을 이렇게 사는 건 참 귀찮은 일이다. 정작 하고픈 일은 못 하면서 엉뚱한 데 시간과 마음을 쓰고 있으니 말이다. 그날도 쓰고 싶은 기획안을 만들어서 몇 군데 전화를 넣었지만, 돌아온 것은 차가운 거절이었다. 그간의 정분을 보아서라도 '검토해보겠다.' 정도의 말은 할 수 있지 않았을까?

그제야 허기가 돌았다. 생각해보니 아침에 깨어나 그 부탁을 하느라 오후가 되기까지 아무것도 먹지 않았다. 혼자 살면서 가장 힘든 일 중의 하나가 밥을 차려 먹는 일이다. 식은 소시지를 데우느라 전자레인지에 넣고 돌렸다. 그사이 전화로 한 번 더 거절을 당하고(이렇게 많은 거절을 당해야 일이 하나 어렵게 이루어진다는 걸 사람들은 알까?) 삐 소리가 울려 꺼내려다 그만 손가락을 데고 말았다. 평소라면 수건 같은 것을 덧대고 꺼냈을 텐데….

그때 문득 깨달았다. 어쩌면 뜨거운 세상의 온도를 그간 잊고 산 게 아니었을까? 세상은 결코 호락호락하지 않은데, 세상은 저리 뜨거운데, 나 홀로 차갑게 식은 생각이나 하고 있었던 건 아닐까? 하얗게 물집이 잡히려 하는 손가락을 호호 불면서 그는 자신을 되돌아봤다. 모든 것이 남이 아니라 내 탓이라는 뼈아픈 자기반성이었다. 이러려고 이 세상에 나오진 않았을 텐데…. 내일은 도시로 나가 오랫동안 만나지 못했던 사람들을 찾아봐야겠다.

식은 접시

전자레인지에서 그릇을 꺼내려다
손가락을 데었다
배고픔에 서툰 손이었다

미켈란젤로의 천지창조에서
신의 손이 아담에 닿으려는 순간
인간은 흠칫 놀라지 않았을까
저 불타는 손가락

몇 번 거절을 당하고서야
세상 뜨거움을 잊은 걸 깨닫는다
나는 그저 차가운 접시였을 뿐

천사들이 짓궂게 보고 있는 가을
데인 손가락으로 망설인다
앞으로 더 내밀 수 있을지

고든 로스, <쓸쓸한 젊은이의 애절한 노랫말>, 1911

애완용 고독

은행잎이 떨어져 노랗게 물든 길을 걸으며 조진을 씨는 다시 통증을 느낀다. 가을이 오면 찾아오는 지병이다. 그에게 이별은 너무 익숙한 버릇이어서 몇 번이나 지나 갔는지도 모른다. 그중 대부분은 그가 당한 것이었다. 누구와 헤어지는데 먼저 헤어지자고 말하는 것은 끔찍한 일이다. 왜냐면 그럴 만한 자격이 없다고 느끼기 때문이다. 거울을 아무리 들여다보고, 또 하는 일들을 돌이켜봐도 그는 참말로 이별 당하기 마땅한 사람이다.

"너, 그거 병이다. 네가 얼마나 괜찮은데…"

친구들이 이렇게 말해주어도 그는 믿지 않는다. 친구니까 하는 소리겠지. 하도 이별을 당해서 이제 누구를 만나는 일도 두렵다. 아니 점점 그럴 일도 생기지 않는다. 이제 남은 것은 고독뿐이다. 고독이 주는 아픔뿐이다.

그리하여 그는 고독을 애완용으로 받아들이기로 했다. 그렇게 그의 몸속에 고독이 자리를 잡은 지 오래인데, 이놈의 지독한 독은 왜 가을만 되면 발작하는지⋯. 그러고 보면 많은 이별이 가을에 있었다. 마치 겨울에 들어가기 전에 정리해야겠다는 듯 상대는 꼭 망설이다가 어렵게 말을 꺼내는 척 통보를 시작하는 것이다.

이제 기나긴 가을밤이 그를 붉게 물들일 것이다. 그리고 확인이라도 하듯 눈이 내리고 바람이 불 것이다. 그러면 또 불면의 밤들이 따라붙겠지. 다른 일은 아무것도 할 수 없어서 그저 멍하니 휴대폰이나 바라보다가 뭔가 우스운 짤이라도 찾아보면 풀썩 주저앉겠지.

그는 이제 안다. 결국 마지막은 자판기 앞에 앉을 것이라는 걸. 그리고 그는 글을 쓸 것이다. 몸속의 애완용 벌레가 가르쳐주는 대로. 그 사람은 얼마나 아름다웠는지 그리고 나는 또 얼마나 바보처럼 굴었는지. 그것이 유일한 진통제이기 때문이다.

고독에 대하여

고라고 부르는 작은 독벌레가 있다. 독에 능한 자가 모르는 사이 상대의 몸속에 심는다.

기미도 없이 가슴 깊이 파고드는 벌레. 심은 자는 기다린다. 자신을 바라보는 눈길이 깊어지기를.

때가 되면 고는 꿈틀거리며 가슴을 헤집는다. 세상 고통 중에 가장 아프다 한다.

고독에 중독된 자들은 안다. 소멸할 때까지 헤어날 수 없음을.

내 속엔 도대체 몇 종류의 벌레들이 숨어 있는 걸까.

오늘도 밤거리 눈자위 거무죽죽한 중독자들 하염없이 걷고 있다.

통증을 참으며 소주를 마시고, 내일이면 잊어버릴 긴 통화를 하면서.

이 가을은 외로운 노예들이 건설했다.

장프랑수아 밀레, <여자와 아이, 침묵>, 1855

새 애완동물

그가 첫 번째로 키웠던 슬픔이 집을 나갔지만 슬퍼할
새도 없이 침묵이 찾아 들어왔다. 오라고 한 적도 없고
누군가에게 돈을 주고 사지도 않았으니 마다할 이유도
없었다.

그나저나 슬픔은 왜 그를 떠난 것일까. 더 깊은 슬픔과
발정이 났을까? 아니면 이제는 너무 무기력해져 더 이
상 슬퍼할 힘도 없는 주인이 싫어진 걸까.

아무튼 슬픔에게 잘해준 것도 없고 비용을 들인 적도
없으니 조진을 씨는 굳이 찾아야 할 필요도 느끼지 못
했다.

침묵은 당연하다는 듯 문을 열고 들어왔다. 물론 아무
소리도 내지 않았으므로 어떤 방해도 받지 않았다. 하
다못해 배고프다고 옆으로 와서 앵앵대지도 않으니 이

런 행운이 또 어디 있을까 싶다. 애완동물 때문에 큰 비용을 쓴다고 한숨짓던 지인들도 많이 보았으니까.

그의 추측으로는 놈은 그의 말을 먹고 산다. 침묵이 들어온 후로 점점 더 말이 줄어들더니, 먹고사는 일 때문에 해야 하는 말을 빼면 이제는 종일 아무 말도 하지 않을 때도 있다.

둘은 찬밥 덩이처럼 의자에 앉아 저녁노을을 바라보다가, 불도 켜지 않고 잠든다. 진즉에 침묵을 만났더라면 세상살이에 적응하지 못해 외롭던 날들을 이겨냈을 텐데. 더 늦기 전에 침묵이 찾아와줘서 다행이다. 놈은 아마 떠나지 않을 것이다. 그에게 더 바라는 것이 없으니. 그들은 오래도록 함께 있을 것이다.

애완동물

시골에서는 개를 키운다
집이나 밭에 목줄로 묶고
평생 경비를 서게 한다
밤새 짖어대고
산책은 없다

고양이를 키우는 가게도 있다
쥐를 잡으니 밥도 준다
새끼를 낳으면 귀찮다 한다

가난한 나도 애완동물은 있다
슬픔이었다
돈을 주고 사지 않아도
제 발로 걸어 들어왔다

사료를 주지 않아도 내 기분을 먹고
집을 만들어주지 않아도

내 가슴에 붙어 잤다
놈이 사라진 건
내가 늙었기 때문일 것이다

슬픔이 사라지자 침묵이 찾아와
두 번째 애완동물이 되었다
침묵은 눈치가 빨라서
먼저 나대지 않는다
우리는 종일 붙어 있지만
불편하지 않다

저녁놀이 지는 창을 바라보며
우리는 불을 켜지 않는다
밤도 제법 잘 어울리는 집이다
가끔 의심도 한다
혹 내가 애완동물이 아니었을까
진짜 주인은 머리 위에서

나를 보고 웃는 건 아닐까
그러나 덕분에
나는 외롭진 않다

야첵 말체프스키, <예술가의 죽음>, 1909

토막살인 사건

그는 혼자 살았다. 도시에서 월급쟁이로 근근이 살면서 연애는 하지 못했다. 그게 뭐 이상한 일인가? 연애도 마음이 맞아야 하는데 그에겐 그런 마음이 없었다. 그저 먹고사는 일이 중요했으니까. 물려받은 유산도 없고 평범한 학력과 이력을 가지고 이 도시에서 밀려나지 않고 살기 위해 모든 노력을 기울였다. 그러기 위해서 그는 자신의 생각을 표현하지 않는 법을 배워야 했다. 정치적인 견해도, 종교도 가능한 한 다른 사람과 편이 갈리는 건 피해야 했다. 그 덕에 그는 전세를 얻을 수 있었고 이 도시에 주소지를 가진 당당한 시민이 되었다. 그게 전부였을 것이다. 이번 일만 아니었다면 그는 그렇게 살다가 퇴직하고 연금을 받으며 죽음까지 갔겠지. 하지만 그런 그에게도 이상한 일은 생겼다.

어느 날 집에 돌아가자 방에 누군가 있었다. 정확하게 말하자면 그의 침대에 어떤 여자가 누워 있었다. 아무 움직임도 없고 대답도 하지 않아서 자는 줄 알았는데 그녀는 죽은 시체였다. 눈이 감긴 하얀 얼굴은 그리 나쁘지 않았다. 상대적으로 더 붉은 입술도 나름대로 매력이 있었다. 그는 며칠째 야근을 하고 돌아와 매우 피곤했으므로 일단 그녀의 옆에서 자기로 했다. 다음날 일찍 깨어나면 마침 하루 쉬는 날이니 처리해야겠다 생각했던 것이다.

하지만 다음날 그는 전세 재계약을 위해 부동산 중개 사무소에서 주인을 만나야 했는데 늦잠을 자버렸다. 통장에 지불할 전세금도 확인해야 하고 수수료도 준비해야 했는데 늦잠을 자버린 것이다. 그에게 늦잠은 최고의 적이었다. 늦잠 때문에 생긴 손해가 하나둘이 아니었다. 대입 입시 때도 늦잠을 자서 간신히 고사장에 들어가는 바람에 시험을 망쳤고 회사 면접 때도 지각할 뻔했다. 어쩌면 늦잠은 그가 이 세상에 대해 유일하게 반항하는 수단이었는지도 모르겠다. 아무튼 부랴부랴 일들을 마치고 집에 돌아왔을 때, 그는 침대에 시체가 있었다는 걸 깨달았다. 하지만 이미 늦은 시간이었고 그는 어서 자야 내일 출근할 수 있었다.

그렇게 며칠이 지나자, 그는 시체와 편한 사이가 되었다. 나쁘지 않았다. 그에게 어떤 잔소리도 안 하고 바라는 것도 없었으니까. 그는 출근하는 아침이면 시체를 반쯤 일으켜 앉히고 티비를 틀어주었다, 물론 리모컨도 쥐여주었다. 단벌로 버티는 게 안쓰러워 옷도 사다 입혔다. 평화로운 시간들이었다.

하지만 시간은 그의 편이 아니었다. 어느 날 귀가하니 썩는 냄새가 났다. 그녀가 부패하기 시작한 것이다. 이는 심각한 문제였다. 이웃들이 난리를 칠 것이고 집주인이 알면 내쫓을 테니까. 그래서 그는 시체를 버리기로 했다. 남의 눈에 띄지 않게. 시체가 너무 커서 넣을 가방이 없어서 토막을 냈다. 그리고 바퀴 달린 가방에 넣어 버렸다. 그게 다였다.

"집에 시체 하나쯤 없는 사람이 어디 있나요?"

그는 늦잠을 자다가 검거됐다. 덜 깬 목소리로 이렇게

말하는 그의 모습이 뉴스에 떴다.

토막살인 사건

어느 날 귀가해보니 방에 시체가 있었어요
나는 시체와 밥을 먹고
주말연속극을 보고
같은 이불에서 잤어요
난 시체에게 잘해줬어요
혼자 있으면 외로울까 봐
너무 늦지 않으려 노력했고
갈아입힐 옷도 샀지요
그때는 행복했어요
그런데 시간이 가면서
시체는 썩기 시작했어요
얼굴에 진물이 흐르고
입에서 검붉은 피가 나오기 시작했지요
집주인에게 들키면 쫓겨날 판이었어요
그래서 큰 가방을 사서
시체를 넣었어요
시체가 너무 컸기 때문에

토막을 냈지요
그게 전부예요
누군가 내 방에 두고 간 시체를
가방에 넣어 쓰레기장에 버린 거예요
이게 죄라면
이 세상에 누가 결백한가요
집에 시체 하나쯤 없는 자가 어딨어요

아서 래컴, <다람쥐와 까마귀>, 1913

오늘은 까마귀가 오지 않았다

그가 아침에 까마귀를 보게 된 건 얼마 전부터였다. 악몽에 시달리느라 빨간 눈으로 환기라도 하려 창을 열면, 건너편 전깃줄에 까마귀가 앉아 있었던 것이다. 까마귀는 정확하게 그의 창을 보고 있어서 둘은 눈이 마주쳤다. 처음에는 우연인 줄 알았는데 몇 번 되풀이되니 그렇지 않다는 걸 깨달았다. 놈은 아침마다 그를 보기 위해 그곳에 앉아 있는 것이다.

근방의 새 중에서 까마귀는 덩치가 큰 편에 속했다. 가까운 곳에 강이 있으니, 그곳이 놈의 터전일지도 모른다. 그런데 왜 그를 찾아오는 것일까? 까마귀가 불길한 새라는 속설을 그는 믿지 않는다. 다만 탁한 목소리가 거슬릴 때도 있다. 하지만 그가 좋아하는 로드 스튜어트나 보니 타일러의 목소리 또한 그에 못지않지 않은가.

차 한 대가 겨우 다닐 수 있는 시골의 작은 길 건너편에서 까마귀는 고개를 갸웃거리며 그를 바라보다가 마치 한숨을 쉬듯 까악, 까악, 울곤 했다. 그러다 그가 창을 떠나 이런저런 잡일을 하다 보면 사라졌다. 그러니까 놈의 근무 시간은 아침이고 그가 깨어나 문을 여는 걸 확인하는 게 주 업무였다.

급한 원고 마감을 핑계로 그가 밖으로 나가지 않는 날들이 점점 늘었다. 본래 사람들이 있는 곳을 싫어했지만 나이가 들수록 그 증상이 심해져 이제는 출판사의 일도 대부분 인터넷이나 전화로 처리하는 지경이었다. 혹시 출판사에서 까마귀를 고용한 것은 아니겠지? 까마귀가 똑똑한 새라는 건 알고 있지만 훈련시켜서 쓴다는 얘기는 못 들어봤다. 그러니 까마귀를 보낼 정도의 능력을 가진 자는 사람이 아닐 것이다.

어쩌면 그도 사람이 아닐 것이다. 이미 그는 늙고, 병이 깊어 사람의 형상이 조금씩 사라지는 중이었다. 사람들은 아직 모른다. 시를 쓰고 소설을 쓰는 인간 중에는 사람의 형상만 뒤집어쓴, 사람과 다른 족속들이 있다는 것을. 다른 분야는 모르겠다. 하지만 이쪽은 분명하다. 그가 바로 다른 족속이니까. 사람이 아니라는 걸 들키지 않고 사는 방법으로 글을 쓰는 것보다 좋은 직업은 없었다. 은둔하고 사람을 기피해도 개인 취향으로 존중해주니까.

출판사는 책만 잘 나가면 된다. 적어도 인간이 쓴 글보다는 사람들의 마음을 잘 파고드는 건 그가 사람이 아니기 때문이란 걸 그들은 모르는 것이다. 하지만 오늘은 까마귀가 오지 않았다. 이건 심각한 문제다. 어쩌면 떠날 때가 된 것인지도 모른다. 다른 별로 가거나 다른 형상을 뒤집어쓰거나 하는 결정은 그의 몫이 아니다. 아직은 이곳을 떠나고 싶지 않았다. 쓸 것도 더 있고 보고 싶은 사람도 있었다. 다시 만나서 왜 그때 나를 떠났는지 물어보고 싶은 이도 있으니까. 하지만 오늘은 까마귀가 오지 않았다. 매일 아침 울어주던 까마귀. 그는 종일 우울해졌다. 자꾸 창밖으로 시선이 갔다. 휴가를 받아서 쉬는 중일 수도 있을 것이다. 그는 창을 조금 열어놓고 잠자리에 든다. 까마귀가 오면 잘 들릴 수 있도록. 오늘 그는 이렇게 썼다. 누구에게나 새가 있다, 부탁을 받고 지켜보는.

오늘은 까마귀가 오지 않았다

나보다 일찍 일어나
전신줄에 앉아 바라보더니
오늘은 오지 않았다
새가 울지 않아서
아침이 떠밀려갔다
무슨 사정이 있었을까
바쁜 목숨이어서
낭비하는 시간이 없으니
다시 오지 않을지도 모른다
종일 아무도 찾아오지 않았고
전화도 울리지 않았다
나는 이 세상에 없는 사람 같다
그래야만 할 것 같아
밤이 와도 창을 조금 열어둔다
내일은 까마귀가 울기 전에
깨어 있어야겠다
그냥 오는 하루는 없으니

잠들기 전에
꿈이라도 꿔야겠다

찰스 헨리 베넷, <여우와 까마귀>, 1857

동족

그는 안다. 같은 별에 산다고 다 같은 종족이 아니란
것을. 한때는 자신과 너무 다른 그들 때문에 힘들었었
다. 가능하면 이해해보려고—왜냐하면 그래야 편하니
까—노력도 해봤지만, 그들은 이해되지 않았다. 나이를
먹으면서 그들이 다른 종족이기 때문이란 걸 알게 되었다.
겉모습은 비슷할 수 있다. 패션도 화장도 유행을 따르
니까. 하지만 속은 꾸밀 수 없으니, 자신도 모르는 사
이에 정체가 드러나는 것이다. 회사에서 그를 괴롭히
던 고참도 그와 같은 노예족이었다. 고참은 자신이 다
른 노예와 달리 마름이라 생각했기 때문에 쉴 새 없이
후배 노예들을 괴롭히는 것을 당연하게 생각했다. 처
음 시작한 사회에서 만난 그 고참 때문에 그는 정말 힘
들었다. 그의 언행 하나하나가 이해되지 않았던 것이다.
하지만 이제 그는 안다. 노예는 주인에게 저항할 생각

을 못 하고, 저보다 계급이 낮은 자를 동족으로 생각하지 않는다는 걸.

그는 이제 도망 노예다. 지긋지긋한 사슬을 끊고 지정된 마을을 벗어나 강을 건너고 산을 넘었다. 물론 이곳이라고 다를 것은 없지만, 그가 노예라는 사실을 아무도 모른다. 그는 유랑 가수이다. 무대가 있으면 노래를 하고 이도 저도 안 되면 막노동을 한다. 유일한 친구는 자기 자신이다. 그는 창문도 없는 방에 혼자 남으면 혼잣말을 한다. "오늘도 잘 넘겼네요. 수고 많았어요." 그러면 외롭지 않은 것이다.

오늘은 카페에서 애써 자유민인 척하는 여자를 만났다. 하지만 그녀는 모른다. 말을 하지 않아도 우리에게는 컴컴한 재의 냄새가 난다는 것을. 이곳저곳에서 눈빛을 번뜩이는 추노꾼들은 사냥개처럼 그 냄새를 맡는다. 왜냐하면 그들도 노예니까. 자 이제 무대에 올라가 노래를 불러야겠다. 그녀를 위해서. 가능한 한 많이 자유민을 욕하는 노래를. 그러면 그녀에게도 비상구가 생길 게다.

동족

물어보지 않아도 안다
말보다 진한 재 냄새
우린 같은 족속
집도 절도 없고
등에 채찍 자국
외로워 마라
누구나 도망치며 사니까
널 쫓는 자도 등에는
문신 같은 맷자국이 있지
이 잔까지 비우고
천천히 뒷문으로 나가렴
내가 노래를 시작하면
야유와 비웃음으로
이곳은 소란스러워질 테니
우리들만 걸을 수 있는
어두운 숲으로 스며들기를

미쿨라시 갈란다, <노년>, 1937

그리움 유포죄

그는 눈을 뜨지 않아도 밖에 비가 오고 있다는 걸 알고 있었다. 때로 비는 고장난 몸으로도 내린다. 욱신거리는 온몸이 눈을 대신하는 것이다. 벌써 쫓긴 세월이 얼마던가. 잡힐 뻔한 위기 속에서 구사일생으로 탈출하던 숱한 장면들이 주르륵 지나갔다.

그는 억울했다. 아무리 이 나라가 민주주의를 가장한 독재국가라고는 하지만 자신과 관련 없는 죄로 벌을 받을 순 없었다. 주변의 많은 지인이 이유도 없이 잡혀가 사라지기도 했지만 그는 절대 그렇게 되지 않겠다 다짐했다. 그래서 끊임없는 도주의 시간을 선택했던 것이다. 검찰로 평생을 산 사내가 이 나라의 왕이 되면서 문제는 시작되었다. 사내의 명패는 대통령이었지만 실제는 왕관을 쓰고 있었다. 곧 나라는 검찰들이 장악했다. 언론도 검찰, 식량도 검찰, 오락도 검찰, 하다못해 인구 위기 극복을 위한 부부밤생활증진위원회 위원장도 검찰이 되었다. 사실 그는 그런 문제들에는 별로 관심이 없었다. 그의 관심은 오로지 서정시를 쓰는 데 있었기 때문이다. 그렇다. 비록 많이 팔리는 시집을 내지는 못했으나 그는 서정 시인이었다. 그런 그가 나라가 엉망진창 돌아가는 꼴을 그냥 두고 보지 않기로 한 것은 그의 제자 때문이었다. 그가 호구지책으로 운영하고 있는 시창작 교실에서 그에게 시를 배운 학생 중 하나가 작금의 왕과 왕비를 까는 시를 발표했던 것이다. 앞서 언급했지만, 이 나라는 그래도 표면적으로는 민주주의 국가였다. 그래서 그런 시를 발표했다는 이유로 장본인을 잡아 가둘 수는 없었다. 평생 검찰로 산 왕은 그 경우에 생길 후유증을 잘 알았다. 그들의 간접적인 보복이 시작되었다. 시는 내려지고 지워졌다. 그리고 발표자의 동종업계 원로들의 끊임없는 압박이 가해졌다. 그렇게 사건이 조용해지자 이제 그들은 전국범죄 대책회의를 열어 재발을 방지하기 위해 원인을 찾았다. 그 결과 나온 것이 그에 대한 수배령이었다. '근본을 찾아내 뿌리째 뽑아야 한다.'라는 수사로 평생 잔뼈가 굵은 왕과 법무부 장관의 지론이었다.

어느 날 그는 귀가한 자신의 집이 난장판이 되어 있는 것을 보았다. 영화에서나 보던 장면이었다. 그리고 벽에는 출두 명령서가 붙어 있었다. 그때부터 그의 도피 생활은 계속되었다. 한곳에 오래 머물면 안 된다. 누가 그의 얼굴을 알아볼 시간이 되면 옮겨야 했다. 물론 그를 도와주는 사람들도 있었다. 반체제 인사들은 그의 도피 자금을 대주었다. 풍족하지는 않지만 굶어 죽지 않을 정도는 되었다. 그들은 이 자금 라인 암호를 레터라 이름 붙였다. 이제 레터가 그의 생명줄이었다.

쿵. 쿵. 아침부터 누가 문을 두드린다. 이 도시에서 이 시간에 찾아올 사람은 없다. 왜냐하면 그는 항상 최소

한의 행동과 말만 했기 때문이다. 그는 항상 침대 밑에 싸둔 가방을 들고 창문을 열었다. 이럴 경우를 대비해 항상 2층을 골랐다. 그는 아주 가볍고 날씬해 그 정도는 쉽게 뛰어내릴 수 있으니까. 쾅. 쾅. 문 두드리는 소리가 커지고 웅성거리는 말소리도 들린다. 이제 뛰어내려야 한다. 그는 결코 잡힐 생각이 없었다. 그들에게 잡히면 다시는 햇빛을 볼 수 없을 것이다. 그만큼 그에게 씌워진 혐의는 무거웠다. '그리움 유포죄' 그것이 그의 수배 죄명이었으니까.

또 비 오네

베개도 젖었는데
눈은 안 오고
또 비 오네
가을은 떠나고
겨울만 남았는데
보이는 건 어제 도망치던 꿈
이 집은 떠내려가
조금씩 잠기는데
또 비 오네
아무리 달아나도
더 갈 데는 없다고
수배 전단처럼
또 비 오네

존 싱어 사전트, <마리오네트>, 1903

세 번째 애완동물

애완동물을 키울 때 가장 난처한 점은 이들의 수명이
주인보다 짧다는 것이다. 개나 고양이를 보면 알지만,
그들의 수명은 십 년 남짓이다. 주인보다 빨리 늙고 먼
저 죽는다. 조진을 씨도 가족과 함께 살 때, 아이들을
위해 고양이를 키웠었다. 그런데 첫 번째 고양이는 막내
아들이 초등학교에 들어가기 전에 죽었다. 아이에게 죽
음에 대해 어떻게 설명해야 할까? 결국 그는 고양이가
집을 나간 것으로 처리했다.

혼자 살기 시작한 그의 첫 번째 애완동물인 슬픔은 그
런 점에서는 걱정이 없었다. 슬픔은 나이를 먹지 않는
다. 늙지도 않는다. 볼 때마다 느끼는 아픔도 늘 같다.
두 번째인 고독은 좀 예민했다. 놈은 그가 통화를 하거
나 낯선 사람이 오는 것을 극도로 싫어해서 그런 상황

이 되면 아예 집을 나갔다. 그러다가 집이 조용해지면 슬며시 들어오는 것이다.

이제 세 번째 애완동물에 대해 말해야 한다. 놈은 태연하게 그가 보고 있는 한낮에 대문으로 들어왔다. 주인인 그는 안중에도 없었다. 그저 턱하니 들어와서 척하고 안방에 들어앉았다. 그런데 놈의 모습은 어딘가 익숙했다. 아주 오랫동안 살았던 골목처럼 이물감이 없었다. 게다가 터줏대감인 슬픔이나 고독도 놈에게는 거부 반응을 보이지 않았다. 거부는커녕 환영하는 눈치였다. 마치 제 자리를 찾아온 식구를 대하듯 했다.

그는 기가 막혀서 세 놈을 쳐다보았다. 그들은 그의 침대를 차지하고 나란히 엎드려 있었다. 그는 이제 침대에서 잘 수도 없을 것 같아 가슴이 두근거렸다.

"그래, 좋다. 넌 이름이 뭐니?"

그러자 조금 나이가 들어 보이는 모습을 한 놈이 눈을 내리깔고 말했다.

"우린 벌써 아는 사이 아니었던가요?"

"우리가? 난 모르겠는데…."

"거 참 이상하군요. 전 오래전부터 주인님을 모시고 있었어요."

"그랬다면 미안하네. 내가 몰라봤군. 그럼 이름이…."

"제 이름은 가난입니다. 앞으로는 쭉 함께 살 수 있을 것 같네요."

그들은 그가 보는 앞에서 태연하게 장난치고 웃고 떠들며 놀았다. 그제야 그는 알 수 있었다. 그의 애완동물들은 모두 닮은꼴이었다. 아마 같은 배에서 나온 한 형제일 것이다. 그는 문 앞의 의자에 앉아 노을을 바라보았다. 이제 이 집은 식구들이 모두 들어와 완성된 것 같았다.

러시안 블루

어두운 방안에 웅크리고
초록색 눈동자로 나를 바라보는
러시안 블루
흑해에서 시작됐지만
영국에서 다듬어진 고독
부드러운 푸른 털과
발톱을 숨기는 너그러움
운명은 늙은 여류 시인처럼
질투만 아직 살아 있어
내 병은 깊어가고
한밤에 깨어
몇 알의 약을 삼키며
잃어버린 시들을 찾아보려 할 때
뒷덜미에서 가릉거리는 소리
너무 애쓰지 마
지금도 나쁘지 않아

조지프 크리스천 레이엔데커, <봄이 싹트다>, 1917

봄소식

그는 달력을 보았다. 눈이 오는 1월이었다. 창문을 조금만 열어도 밀고 들어오는 한기는 여전한데 봄호에 실릴 원고 청탁이 왔다. 일 년에 네 번 나오는 계간지는 한 계절씩 앞서 청탁이 들어온다. 이상할 것도 없다. 패션도 항상 한 계절을 앞서가니까.

때로 '난 이 겨울이 마지막일 거야' 하고 우울감에 빠지는 그이지만, 이렇게 아직 오지 않은 봄에 대해 미리 시를 쓰는 일도 있는 것이다. 어떤 때는 '12월 30일이 지상의 종말입니다.'라고 저잣거리를 떠들고 다니다가, 정작 그날이 지나가면 '신께서 조금 더 시간을 주시기로 했답니다.'라고 수정하는 종말론자처럼 그는 열심히 봄에 대한 글을 쓴다.

따지고 보면 입춘이 얼마 안 남았다. 겨울의 가장 깊은 곳에 온 느낌인데 이십 일 있으면 봄이라는 것이다. 물론 그 절기가 맞지는 않지만 봄을 미리 말한다는 것은 또 얼마나 좋은가. 이번 주말에 그는 경춘선 기차를 탈 것이다. 아직 봄은 아니지만, 춘천은 일 년 내내 봄인 동네니까, 막국수도 먹고, 닭갈비도 먹고, 호수와 산들을 볼 것이다.

가고 싶은 곳을 가고 먹고 싶은 것을 먹으면서 사는 일은 또 얼마나 즐거운 일인가. 전에는 결코 누리지 못했던 행복들이 그를 기다린다. 아무렴 새해는 기쁜 시간으로 가득해야지. 전 세계는 기상 이변으로 신음하고 있고 이곳저곳에서는 총을 쏘며 전쟁을 벌이기도 하지만 어쩌겠는가. 지금 이 정도의 평화를 누릴 수 있는 것만으로도 행복하다고 해야지. 엉터리 정치가들과 제 욕심만 챙기는 부자들이 망치고 있는 나라는 지금 개판 오 분 전이고, 돌보지 못해 쓰러져 있는 이웃들이 즐비해도 인간 세상이란 게 뭐 그렇지. 일단 내 코가 석 자니 나나 무사하면 다행이지 않겠나.

그는 봄에 대한 글을 마쳤다. 원고를 보내고 겨울 속으로 돌아왔다. 쿵. 쿵. 또 누가 문을 두드린다. 어제부터 누군가 주변을 맴도는 기분이더니…. 급한 대로 옷을 입고 그는 창문을 연다. 이럴 때를 대비해 항상 높이가 낮은 이층에 머물곤 했다. 그는 수배자였다. '선천성 그리움 유포죄'인지 뭔지, 뭐 그런 거야 법을 전공한 검사들이나 경찰들이 더 잘 아니까. 일단은 달아나자. 수배자답게. 어둠 속으로. 그런데 정말 봄이 가까워졌는지 허름한 차림새에도 그리 춥지 않다. 그는 부전나비처럼 훨훨 날아갔다.

봄소식

봄소식 알려달라는 편지 받았다

여긴 아직 겨울

언제 봄일지도 모르는데

너무 춥다는 편지 받았다

서로가 봄인 줄 알고 살던 때가 좋았다

개나리 피고 진달래 피고

하얀 부전나비가 날던

봄은 이제 오지 않는다

독재의 겨울과 혁명의 여름 사이

쉼표는 없다

답장 보낸다

봄은 얼어붙은 손끝 뚫고

이제 막 시작입니다

다시 만날 때까지 무사하시길

호세 클레멘테 오로스코, <선동 정치가>, 1946

징징 돼지

어린 시절 그는 울보였다. 걸핏하면 울었다. 집안에서도 아예 건드리질 않았다. 어느 날 생모가 사라진 아픔을 울음으로 표현한 듯한데 도가 지나쳤다. 형이 그러는 것이었다. "너 한 번만 더 울면 맞아 죽을 줄 알아!" 뒤통수에서 천둥이 치는 것 같았다.

그 뒤로 신기하게 그는 울지 않게 되었다. 맞아 죽는 게 두려웠던 걸까? 그보다는 가까운 사람이 짜증을 낸다는 걸 알게 되었기 때문일 것이다. 울지 않게 된 이후로 그는 독해졌고, 자기가 울지 않는 대신 남을 울렸다. 그는 싸움꾼이 되었다. 울보였던 그를 피했던 친구들은 이번에도 그를 피하기 시작했다.

그는 나이가 들었고, 시인으로 살자니 무척이나 힘들었다. 언제나 그를 따라다니는 경제적인 문제는 그로서도 어찌해볼 수 없는 벽이었다. 그럴수록 그는 "시인이 가난한 건 부끄러운 일이 아니야. 정말 문제는 시를 못 쓰는 것이지."라는 말을 주문처럼 외웠다. 그러다 보니 경제적인 약자가 되어 주변에 사정하는 것도 제법 익숙해졌던 것인데, 어느 날 후배와 전화하다가 결국 그 문제로 한마디 들어야 했다. "형 왜 자꾸 징징거려요?" 그의 뒤통수에 또 다시 천둥이 치는 것이었다.

하루 종일 멍하니 있던 그는 자리를 털고 일어나 시를 썼다. 그리고 이제 다시는 징징대지 말아야지 다짐했다.

징징 돼지

징징 돼지는 언제나 징징거렸지
넌 왜 징징대니
할 말이 너무 많아요
하지만 아무도 듣지 않아
징징 돼지는 더 징징거렸지

세상은 불공평해요
지구가 망해간다구요
투표들 좀 잘하세요
힘들어 죽겠어요

시장에 나타나면
모두들 눈을 피하고
징징거려도
시치미를 뗐지

어느 날 누군가 물었지

요즘 징징 돼지가 보이지 않네
잘 있겠지 그 덩치 큰 친구가
설마 무슨 일이야 있을까

조용한 마을에
징징 소리가 들리지 않으니
잠이 안 온다는 이도 생겨났다네

집에도 가봤지만 보이지 않고
징징 돼지는 사라졌는데
이제 밤이면 창밖에서
삐뽀삐뽀 구급차가 달리고
부릉부릉 장의사가 지나간다네

우르스 그라프, <용과 싸우는 성 게오르기우스>, 1520

고수들

무협의 세계에 고수들은 숨어 산다. 그들은 세상사에 관여하지 않지만 모두 일격 필살의 절기를 하나씩 가지고 있다. 음식 배달을 하면서 경공술을 쓰거나 정육점에서 돼지고기를 써는 칼질을 하는 주인도 일류 검객일수 있는 것이다.

반면에 자신이 얼마나 무서운 무기를 가지고 있는지 모르는 이들도 있다. 그들은 타고난 살수들인데 정작 자신은 그 살기를 느끼지 못한다. 문제는 그 살기가 상대를 상하게도 하지만 자신에게도 돌아올 수 있다는 것이다.

어떤 살수는 말로 사람을 상하게 한다. 보통 사람은 아무리 떠들어도 귀에 들어오지 않는데, 그가 한마디 하면 마음을 다치는 것이다. 무협지에서는 이를 내상이라고 한다. 당한 사람 입장은 기막힌 일이지만 정작 고수는 자신이 독수를 시전했다는 것을 모른다. 그저 남들과 똑같이 표현했을 뿐이니까. 같은 물을 마시고 소는 우유를 만들지만 독사는 독을 만든다. 단어 하나하나에 공을 들여서 그 단어의 뜻을 살리는 것이 시인이라면 살수는 시인의 반대 길을 걷고 있는 것이다. 아니 어쩌면 시인의 또 다른 경지를 개척하고 있는지도 모르지. 입으로 암기를 날리는 살수보다, 뱃속에 칼을 숨긴 고수가 더 무섭다. 그런 고수들은 대개 쾌검을 쓰는데 그것은 칼집에서 칼이 나오는 순간, 가장 빠른 속도로 상대를 찌른다. 발도술이라고도 하는데, 칼이 칼집에서 나오는 순간을 보지도 못하고 당하는 경우가 대부분이다. 발도술을 쓰기 위해서는 가장 유리한 자리를 잡아야 한다. 그러므로 발도술의 고수는 발검할 때와 장소를 찾아낼 때까지 상대의 공격을 참아낸다.

이 험한 세상에서(무협에서는 강호라 부른다) 살아남으려면 자신에 대해 잘 알아야 한다. 내가 무슨 무기를 가지고 있는지, 또 어떤 적을 만들고 있는지.

오늘도 조진을 씨는 고수의 암기에 맞고 이를 간다. 손에 힘줄이 꿈틀 꿈틀 일어난다. 하지만 얼굴은 평온하고 가끔 웃음도 띄고 있다. 그래야 하니까. 일격 필살을 노려야 하니까. 오늘도 강호엔 피바람이 분다.

고수들

전혀 생각지도 못할 때
그는 입으로 독침을 쏜다
단어 하나하나가 가슴에 콕콕 박힌다
귀에 들리는 반경이 다 유효 사거리니
피할 길이 없다
머릿속까지 수치심을 심는 맹독
발사 후 망각 형이라 더 아프다

뱃속에 칼을 숨기는 이도 있다
연철로 만들어 잘 휘어진다
굽신굽신하다가 튀어나오는 일격 필살
그때까지 참고 참는다
사냥은 기다림이 대부분이니까
적의 목을 노리며
오늘도 독침을 견디며 숨을 죽인다

파울 클레, <그리움의 신전 벽화>, 1922

두루마리사

그는 지금 지하철 공중화장실 변기에 앉아 있다. 원래는 집의 화장실을 쓸까 했지만 시를 위해서 바꿨다. 시는 다큐가 아니다. 시를 위해서 이런 조절은 필수적이다. 사실주의 화가처럼 영감이 떠오른 장소를 그대로 고집하는 건 시에선 하수다. 시는 리얼리즘으로 쓰는 것이 아니라 상상 속의 세상을 구현하는 것이기 때문이다. 어느 쪽이 더 진실에 가깝겠는가?

이상하게 벽에 걸린 두루마리 화장지가 눈에 들어온다. 전철이 지나갈 때마다 조금씩 흔들리는 그 물체는 그냥 사물이 아니라 살아 있는 생명체처럼 느껴진다. 저 두루마리를 어떤 상징으로 엮어서 만들 것인가? 그의 시는 여기에서부터 시작된다. 사람에 따라 다른 선택을 하겠지만 그는 두루마리와 둘둘 말린 양피지로 된 고문서를 이어냈고 고문서는 곧 경전으로 바뀌었다. 그럼, 이제 시의 절반은 된 것이다.

경전이 있는 곳은 절이고 절을 찾는 것은 중생들이다. 저마다 사연이 있는 사람들, 그런데 화장실도 마찬가지다. 자, 그다음엔 절의 여러 이미지들과 화장실을 이어준다. 시의 대부분이 완성되어 간다. 이제 남은 것은 결말이다. 시도 결국 이야기이기 때문에 인상적인 결말이 필요하다. 두루마리는 경전이면서 수행자이고 열반에 들어가는 스님이다. 어떤 스님인가? 소란스러운 다비식을 치르지 않고 조용히 조금씩 몸을 덜어내어 사라지는—남의 절에 가서 불을 지르거나 하지도 않고—진정 사라지는 입적을 행한다. 그리고 그 뒤를 다시 다른 두루마리가 채운다. 당연히 이 화장실은 두루마리사로 이름 지어지고 우리는 조금은 신선하고 또 세속의 비리에 물들지 않은 절을 하나 얻게 된다.

결말을 위해 조금 고심하다가 그는 화장실을 나오는 사람들의 개운함을 해탈로 연결한다. 여기서 소품 지금

강경은 종이 금강경이란 말도 되고 현재의 경전이란 말도 된다.

시는 완성이 됐다. 이제 그의 손을 떠났으니 그 절은 그와 관계없이 존재하고 독자들이 두루마리사를 평가할 것이다. 화장실에 갈 때마다 이 시를 떠올린다면 성공한 것이다. 그는 파일을 저장하고 또 다른 시를 찾아 떠난다.

두루마리사

화장실 벽에 걸린 경전이
다급한 중생들을 맞는다
몸 찢어 항문 읽고
마음 닦아준다
덜컹이며 염불하는 환기통과
발기약과 장기매매 사이
야위어가면서
철컥철컥 깨우치는 불법
무료다
수행이 다 풀리면
소란스런 다비도 없는 열반
심지는 구겨져 재활용으로 들어가고
다른 수행자가 이어 결가부좌하는
지금강경
개운한 얼굴로 불이문 나가는 사람들
해탈을 배운 듯하다

페르디난트 호들러, <사보이 알프스가 있는 제네바 호수>, 1907

시판돈

그는 어김없이 날아온 전기세 폭탄고지서를 보며 낙담하는 중이었다. 난방비를 피해 다른 곳에 있다가 왔지만 한 달 내내 외출 중으로 보일러를 두어도, 전기료는 상상 이상이었다. 그렇다고 꺼버리면 얼어 터져서 천문학적인 복구 비용이 달려들 테니 어쩔 수 없었다.

고지서와 함께 원고청탁서도 왔다. 경제에 도움이 될까 했는데 고료는 없었다. 이상할 일도 아니다. 고료가 있어도 전기세 내는 데 도움이 되지 못할 정도니까. 문학잡지사들은 원고료를 아껴 난방비를 충당하는 모양이다. 겁이 나서 온도를 올리지도 못하고 텔레비전을 켰다. 그러고 보니 한파를 피해 있는 동안 텔레비전을 보지 않았다. 그런데 불편하진 않았다. 특별히 보고픈 것도 없었고 어지간하면 휴대폰으로 볼 수 있으니까. 한 달 만에 돌아왔는데 얼어 죽지도 않았는지 슬픔이 꼬리를 흔들며 무릎으로 올라왔다. 주인을 떠나지 않으니 이 어찌 기특한 애완동물이 아니겠는가. 하릴없이 채널을 돌리다가 여행프로그램에서 멈췄다. 라오스가 나왔는데 '시판돈'이란 이름 때문이었다. 시판돈이라니!

그쪽 말로 사천 개의 섬이라는 뜻이었지만 그에겐 다른 말로 다가왔다. 가난한 동남아시아에서도 제일 가난한 나라 라오스에 시인들의 낙원. 그곳에서는 메콩강이 주는 선물로 논농사를 짓고 하류의 커다란 폭포에서 물고기를 잡았다. 폭포 이름이 콘 파팽인데 뜻은 악령을 가두는 곳이라 한다. 대기업에는 전기세를 깎아주고 촌에 사는 입 없는 사람들에게 전기료 폭탄을 던지는 악령들도 가두어주기를.

그곳 사람들이 절을 하며 소원을 비는 대상은 신이 아닌 나무였다. 상류에서 떠내려온 신성한 나무라 하여 밑동이 뽑혀 흘러온 나무 앞에서 고개를 숙였다. 무시무시한 물살이 흐르는 거대한 폭포 아래, 어깨에는 투망을 메고 외줄을 타고 건너가는 어부가 있었다. 이 동네에선 오직 그만 건너가는 바위 위에서 그물을 던지면 커다란 메기가 잡혔다. 저게 시인이지!

이제 그에겐 가고픈 곳이 생겼다. 시판돈, 시 판 돈! 얼마나 아름다운 낙원인가. 비행기에는 애완동물을 데려갈 수 없으니 이 무릎 위에서 가르릉거리는 슬픔이란 놈과도 이별할 수 있겠다. 무슨 짓을 해서라도 비행기 삯을 벌어야지. 돌아오는 표는 필요 없어. 한 번 가면, 사라질 테니까.

시판돈

시 쓰다 원고료 없는 청탁이나 받고
떠나지 않는 내 애완동물 슬픔과
텅 빈 저녁놀이나 보다가
생각났지 시판돈 라오스의 낙원 시 판 돈
메콩강이 만든 사천 개의 섬이 있는 곳

공짜 악령들 콘 파팽 폭포가 가두고
외줄 타고 물살 건너는 사내가 투망을 던지면
일 미터짜리 아시아 붉은 꼬리 메기가 잡히는 곳
사방 바람 불어오는 이층짜리 나무집에서
선짓국으로 끓인 쌀국수 먹으면
선선한 여름과 잠드는 곳

난방비도 없고 세금도 없고
상류에서 떠내려온 나무가
신으로 절을 받는 곳
소원은 강처럼 알아서 흐르는 거지

내게 동냥이나 하지 말렴
시판돈 아직은 티비로만 보는 낙원
애완동물은 비행기에 태워주지 않는단다
갈 곳이 하나 생겼네

미쿨라시 갈란다, <꽃바구니를 든 소녀>, 1938

달아실에서 펴낸 전윤호의 저서

시집『순수의 시대』(2017)

시집『정선』(2018)

동화『편지 고양이, 조로』(2018)

전윤호 우화집

애완용 고독

1판 1쇄 발행	2024년 4월 19일
지은이	전윤호
발행인	윤미소
발행처	(주)달아실출판사
책임편집	박제영
편집위원	김선순, 이나래
디자인	전부다
법률자문	김용진, 이종진
주소	강원도 춘천시 춘천로 257, 2층
전화	033-241-7661
팩스	033-241-7662
이메일	dalasilmoongo@naver.com
출판등록	2016년 12월 30일 제494호